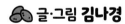 글·그림 **김나경**

명랑만화를 즐겨 읽다가 명랑한 만화가가 되었습니다. 재미있고 웃기고
귀여운 걸 좋아해요. 아이들에게도 웃기고 귀여운 만화를 만들어 주고
싶답니다. 강아지 한 마리, 고양이 두 마리와 함께 살고 있어요.
이 책 속에도 등장하니 찾아 보세요!

GOGO 카카오프렌즈 창작동화

소원요정 춘식이 with 라이언

① 키야, 쑥쑥 커져라!

글·그림 김나경

아울북 × KAKAO FRIENDS

카카오프렌즈

춘식 CHOONSIK

어딘가 지켜주고 싶은 귀엽고 엉뚱한 고양이.
라이언이 길에서 주워온 길고양이로,
서로 취향이 잘 맞는지 라이언의 집에
그대로 눌러앉아 버렸다.
가장 좋아하는 음식은 고구마.
좋아하는 자세는 엎드려 있기.

라이언 RYAN

갈기가 없는 수사자 라이언.
덩치가 크고 표정이 무뚝뚝하지만 여리고 섬세한
소녀 감성을 지닌 반전 매력의 소유자.
춘식이의 든든한 조언자 역할을 하고 있다.
귀여운 룸메이트 춘식이가 있어
라이언의 퇴근길이 쓸쓸하지 않다.

기타 등장 인물

지콩지

활발하고 솔직한 아이. 초자연적 현상을
포착하지 못하는 건 자신의 오래된
스마트폰 카메라 때문이라고 생각한다.
하지만 진실은 그냥 사진 실력이 나쁜 것.
가장 존경하는 인물은
채팅방의 '으르렁쾅쾅' 님.

김삼백

키가 작고 수줍음이 많은 아이.
태권도장을 열심히 다니지만
아직은 노란띠이다. 콩지 덕분에
초자연적 현상에 관심 갖게 되었는데,
사실은 비, 구름, 나무 같은
자연환경을 더 좋아한다.

엄마야

콩지와 삼백의 라이벌.
최신식 카메라를 들고 다니며
초자연적 현상을 찍는데,
어째 늘 애매하게 실패한다.
콩지와 삼백을 늘 무시하지만,
정작 그 둘은 이 사실을 눈치채지 못한다.

차례

안녕? 내 이름은 김삼백. 나로 말할 것 같으면…

…이 아니라.

"무슨 소리야, 콩지야? 머리에 나뭇잎이 났다니?"

"몰랐어? 지금 네 머리에 나뭇잎이 났어.
초자연적 현상이 일어났다고!"

내 단짝 콩지는
사진 찍는 게 취미야. 그냥
사진이 아니라 초자연적 현상을 찾아 사진을 찍지. 초
자연적 현상이 뭐냐고?

자연을 초월하는 어떤 존재나 힘에 의해 벌어지는 현상. 과학으로는 설명이 불가능한 신기한 현상.

"아싸! 드디어 성공! 초자연적 현상 찍었다!"

콩지가 많이 실망했네. 하지만 괜찮아. 나는 콩지의
기분을 금세 좋게 만들 방법을 알고 있거든.

그건 바로 매달 1일에 나오는 잡지
《세상에 이런 일이 다?!》의 최신 호!

와! 얼른
읽어 보자.

지구촌 뉴스

스코틀랜드 | 네스호의 괴물 '네시', 2년 만에 수면 위로

전설의 괴물 네시는 1933년 첫 목격담을 시작으로 지금까지 1000명이 넘는 목격자가 나타났으나, 아직까지 그 정체는 밝혀지지 않았다.

네팔 | 눈밭 위에서 발견된 거대한 발자국

히말라야 지역 설산에서 사는 것으로 알려진 '눈사나이 예티'의 발자국으로 추정되는 사진이 공개되었다.
성인 남성의 손과 크기를 비교해 보자.

예티의 상상도

《세상에 이런 일이 다?!》는 콩지와 내가 가장 좋아하는 책이야. 전 세계에서 목격된 여러 가지 초자연적 현상의 사진과 이야기가 담겨 있지.

특히 우리가 가장 좋아하는 부분은…

미국 브이형 미확인 비행물체 포착

애리조나주 밤하늘에 UFO로 추정되는 밝은 불빛이 나타나 브이 형태로 편대 비행하는 모습이 포착되었다.

과연 외계인은 실존하는가?

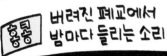

홍콩 버려진 폐교에서 밤마다 들리는 소리

두근 두근

13

'독찍사' 페이지! 우리 같은 일반 독자들이 찍은 초자연적 현상의 사진이 실리는 곳이지.

"으르렁쾅쾅 님, 벌써 세 번째로 '좋아요' 받은 거지? 잘하면 올해 최우수 독자로 뽑힐 수도 있겠다."

《세상에 이런 일이 다?!》의 최우수 독자로 뽑히면 세계 7대 불가사의 중 하나인 이집트 피라미드로 여행을 보내 준대.

나도 언젠간
초자연적 현상을 멋지게 찍을 거야!
최우수 독자로 뽑혀서
피라미드를 보러 갈 거라고!

솔직히 내가 진짜 사랑과 관심을 기울이는 건 따로 있어. 그건 바로…

그냥 자연환경. 주변에서 쉽게 볼 수 있지만, 볼 때마다 신기해서 무조건 사진을 찍어 두지. 예를 들면 이렇게 커다란 집을 짓는 거미라든지…

물을 뿌릴 때 나타나는 작은 무지개라든지…

녹아내린 치즈처럼 몸이 늘어진 고양이 같은 거 말
이야.

나는 콩지에게 내가 본 고양이 이야기를 해 줬어. 콩
지는 가방에서 군고구마를 꺼내 먹다 잔뜩 흥분했지.

"정말이야? 고양이가 두 발로 걸었다고?"

"정말이야! 봐, 여기 사진도 찍었어."

뭐야~ 고양이 머리밖에 안 찍혔잖아!

"담장이 높아서 몸까지는 못 찍었어. 근데 정말 두 발로 걸었다니까. 진짜야!"

"그게 사실이라면 엄청난 초자연적 현상인데! 어디서 봤는지 기억나?"

"아니, 처음 가 보는 골목이었거든."

당장 고양이를 찾으러 가자!

찾습니다

잠깐!!

나도 고구마 하나만.

디리링~

콩지 엄마께서 구우신 고구마는 꼭 먹어야 해. 정말 맛있거든.

높은 담장 앞에서 우리는 최대한 키를 늘여 봤어.

그때 등 뒤에서 누군가 사진을 찍는 소리가 들렸어.

사진을 찍은 건 마야였어. 마야도 초자연적 현상에 관심이 많아.

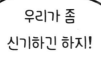

우리가 좀
신기하긴 하지!

좋아할 줄은 몰랐네…

엣헴!

"근데 이 위에서 뭘 찾는 거야?"

키가 큰 마야는 까치발을 하지 않아도

쉽게 담장 위를 볼 수 있더라.

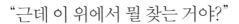

혹시 그 위에
고양이가 있는지 좀 봐 줄래?
우리가 찾는 고양이가
있다면 사진 찍어서
《세상에 이런 일이 다?!》에
보낼 거야.

그러면 올해 최우수 독자상도
받을 수 있을걸!

25

마야는 정색했어.

"아니! 최우수 독자상은 내 거야! 올해는 깜짝 놀랄
만한 초자연적 현상을 꼭 찍을 거라고!"

새삼 내 작은 키가 원망스러웠어.

"나는 왜 키가 안 클까? 매일 콩나물도 먹고, 열심히
태권도장도 다니는데! 일찍 자고 일찍 일어나는데!"

"그거 다 효과 없더라. 나도 계단 오를 때 두 계단씩
오르잖아. 다리 쫙쫙 늘어나라고."

우리 동네에서 가장 오래 살았다는 참슈퍼 할아버지는 좁고 긴 계단 골목을 알고 계셨어.

길을 찾아 보자!

사거리에서 왼쪽으로
한 번, 오른쪽으로 한 번 돌았다가,
빨간 지붕 집에서 오른쪽으로 꺾자마자
왼쪽으로 돌면…

"우쿨렐레 계단이라는 이름의 계단 길이 나온단다."

"정말 있었어? 네가 봤던 그 고양이 확실해??"

"고양이를 보긴 했는데 그 고양이인지는 모르겠어."

"그럼 다시 올라가서 봐!"

"그럴 기운이 없어…"

또다시 콩지 등에서 떨어졌더니 온몸에 힘이 쭉 빠졌지 뭐야.

콩지는 군고구마 하나를 내 입에 쑥 넣었어.

이거 먹고 빨리 기운 내. 기운 차려야 다시 올라가지!

털 썩

고구마 때문에 목이 메어서일까? 어쩐지 서러움이 밀려왔어. "마야만큼만 키가 컸어도 이렇게 힘들지 않았을 텐데… 나도 키가 컸으면 좋겠다."

정말 소원이야. 키가 크면 좋겠어.

중얼중얼

뭐라고???

내 소원은 키가 아주 많이 크는 거라고~~!!

배고파밥

오늘은 초자연적 현상 비슷한
일도 안 벌어지네요.

 신기방기

뭐 신기한 거 찍으신 분 없나요.

 블랙캔디

저요!

 블랙캔디

오늘 찍은 신기한 사진입니다.

 블랙캔디

블랙캔디

어떤 아이들은 높은 담장 위를
보고 싶어도 볼 수가 없대요.
참 신기하죠? ㅋㅋㅋ

 배고파밥

와, 사진 분위기 좋네요.

 신기방기

블랙캔디 님은 언제나 사진을
멋지게 잘 찍어요.

 초코맘

초자연적 현상은 아니지만
기분이 좋아지는 사진이네요.

 자이언트콩

와!!! 맘에 들어!!!!!

 김삼백

 블랙캔디

고맙습니다…?

2장

고구마를 오물오물 먹던
고양이는 기분이 좋은지
목울림을 내기 시작했어.

소리는 점점 더 커
지고…

더 커지고…

더 커지더니…

이게 무슨 일이지? 별빛을
뒤집어쓰고 난 뒤, 내 키
는 전봇대보다도 더
커졌어. 도대체
어떻게 된
거야?

손바닥에
이 도장은
또 뭐고?

고양이는 의기양양하게 대답했어.
"내 이름은 춘식이. 네 소원은 아주
많이 키가 크는 거라며? 그래서 소원
을 들어준 거야!"

고맙다고?
나도 알아.

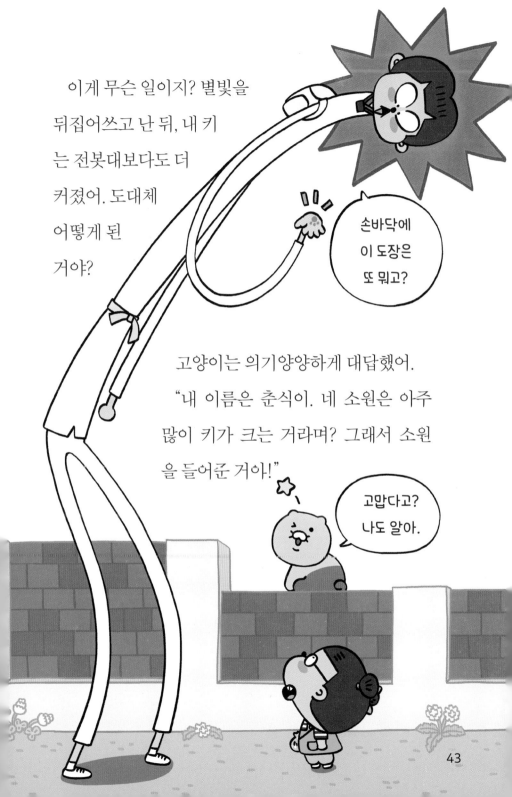

'춘식'이라는 이름의 이 고양이는 두 발로 걷기만 하는 게 아니라, 말도 하고 소원까지 들어주는 엄청난 고양이였던 거야. 콩지는 매우 흥분했어.

대박! 초자연적 현상이다! 이런 건 얼른 찍어야 해! 누굴 먼저 찍지?

소원을 들어주는 고양이, 춘식이부터?

아니다, 키가 전봇대만큼 커진 삼백이부터 찍어야겠다!

삼백아, 웃어!

하지만 난 웃음이 나오지 않았어. 전깃줄에 얼굴이 걸릴까 봐 무서웠거든.

나는 키가 아주 많이 커지면 행복해질 줄 알았어.
하지만 전혀 행복하지 않더라.

키가 이렇게까지 커지
니까 여기저기 맞고,

부딪히고,

걸리고…

지붕이 있는 곳은 아예 들어갈 수가 없잖아.

나는 춘식이에게 간절하게 부탁했어.

"춘식아, 나 소원 안 빈 걸로 할래. 취소해 줘."

그런데 춘식이가 딱 잘라 거절하지 뭐야?

"이미 빈 소원을 어떻게 취소해? 그런 건 못해."

그럼 어떡하지? 차라리 새로운 소원을 빌어 볼까?

하지만 춘식이는 무반응이었지.

"이번 소원은 안 들어주네. 소원은 하루에 한 개만 들어주는 건가? 아니면 한 사람에 한 개만?"

"그럼 난 이 키로 계속 살아야 해? 앞으로 영원히 집에도 못 들어가고, 맨날 허리를 구부리고 다니면서?"

절망에 빠진 내 입에, 콩지는 고구마를 또 한 개 넣어줬어.

그런데 고구마도 마음놓고 먹을 수가 없더라. 춘식이가 너무 애처롭게 쳐다보고 있어서 말이지.

한입 줄까?

응!

"흥! 네가 뭘 잘했다고 고구마를 줘?"
나는 긴 팔로 고구마를 흔들며 심술을 부렸어.
"안 줄 거야! 소원 취소도 안 해 주고, 새로운 소원도 안 들어줬잖아! 분명히 내가 말했는데!"

내 소원은 원래 내 키로 돌아오는 거라고!

와! 드디어 내 키가 원래대로 돌아왔어. 춘식이가 내 소원을 또 들어준 거야!

콩지는 아까 흥분해서 찍지 못했던 사진을 마음껏 찍었어.

"춘식이는 고구마를 줘야만 소원을 들어주나 봐."

원래 키로 돌아와서
정말 다행이야.
그치, 삼백아?

응…

내 키가 원래대로 돌아오
자, 세상은 예전처럼 다시
높아졌어. 높은 전봇대, 높
은 나무, 높은 지붕, 높은…

…콩지?

이번엔
콩지의 키가
커졌나??

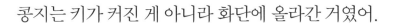

콩지는 키가 커진 게 아니라 화단에 올라간 거였어.

"왜 거기 올라가 있어? 깜짝 놀랐잖아~"

"나 중심 잘 잡지? 체조 선수 같지?"

이 상황에 체조 선수 놀이라니, 콩지는 정말 못 말려!

화단 위에 올라서서 보는 세상은
너무 밑에 있지도, 너무 높이 있지도 않더라.
"내가 원하는 키가 딱 이만큼인데…"

나는 콩지 가방에서
고구마를 꺼내 들고 우쿨
렐레 계단을 다시 뛰어올랐어.
"어디 가?"
"춘식이한테 소원 빌러!"
"또 쭉 길어지게?"

아냐! 이번엔
아주 정확하게
소원 빌 거야!

나는 춘식이에게 고구마를 내밀며 외쳤어.

춘식아, 내 소원은 키가 화단에 올라간 만큼 커지는 거야!

이제 내 소원이 제대로 이루어지겠지?

아… 아닌가?

춘식이가 아무런 반응이 없네… 고구마가 먹고 싶어 침을 줄줄 흘리면서도 말이야.

혹시 '화단에 올라간 만큼'이 무슨 뜻인지 이해 못했나? 그럼 30센티미터 정도 크게 해 달라고 해야 할까? 잠깐, 춘식이가 센티미터를 알까?

뭘 그렇게 어렵게 생각해? 그냥 마야 키만큼만 크게 해 달라고 해.

나는 팔을 크게 내두르며 외쳤어.
"아니야, 마야 키만큼만 크는 건 아깝다고!"

내 소원은 마야보다 더 큰 키가 되는 거란 말이야~!!

그런데 이게 웬일?
춘식이가 덥석 고구마
를 물지 뭐야? 설마 고
구마를 흔들면서 소원
을 빌어야 하나…?

그렇게
나의 세 번째 소원이
이루어졌…

춘식이는 분명히 골골거리는 목울림을 하고 별빛 분
수까지 보여 줬지만, 내 키는 그대로였어. 이보다 황당
할 순 없었지.

춘식이는 더 이상 소원을 들어줄 생각이 없는 듯 보였어. 나도 키 크고 싶은 마음이 사라져 버리더라고.

이게 뭐야! 시시하게.

그래도 그동안 보고 싶었던 초자연적 현상을 봤잖아. 그걸로 만족하자.

맞다! 초자연적 현상 사진을 찍었지! 《세상에 이런 일이 다?!》 채팅방에 올려야지. 다들 깜짝 놀라겠지?

봐 봐, 어느 사진이 가장 잘 나왔어?

그 사진들은 내 키가 원래대로 돌아왔을 때 찍은 거였어. 사진만 봐서는 초자연적 현상인지 전혀 알 수 없는걸.

 오래된 폰 카메라여서 그런지 사진이 제대로 안 찍혔네.

카메라 문제가 아닐 텐데?

콩지는 카메라 타령을 하기 시작했어.

"아, 나도 최고급 카메라 갖고 싶다! 그러면 진짜 끝내주는 초자연적 현상을 찍을 수 있을 텐데."

어디서 최고급 카메라 하나 안 생기나?

어? 최고급 카메라다.

에이, 장난치지 마.

진짜라고! 조용한 골목의 담장 위에 콩지가 그렇게 갖고 싶어 하는 최고급 카메라가 보란 듯이 있잖아!

"진짜네! 누가 이 비싼 걸 여기 올려 뒀지?"

"깜빡하고 놓고 간 건 아닐까?"

"우리가 주인을 찾아 주자. 이 기회에 사진도 살짝 찍어 보고… 나 이런 카메라 한 번도 만져 본 적 없거든. 헤헤헤."

콩지의 손이 카메라에 닿는 순간, 엄청난 비명 소리가 들렸어.

도둑이야!!!

"저기에 누가 올려 뒀어?"

"내가!"

"네가 올려 뒀는데 손이 안 닿는다고?"

"그게 말이 돼?"

나는 어쩐지
입꼬리가 씩 올
라갔어.

내가 마야보다
키 큰 오빠가
되다니…

하지만 콩지 말에 웃음이 싹 사라졌지.

"이건 춘식이 짓이야! 삼백이 네가 마야보다 키가 컸
으면 좋겠다고 소원을 빌었잖아! 네 키를 늘인 게 아니
라 마야의 키를 줄인 거라고!"

손바닥에
이 도장은
또 뭐야?

무슨 일이 일어났는지 우리가 깨닫는 동안,

마야의 울음소리는 점점 커졌어. 그래서 내가 말했지.

"카메라에 손을 대면 도둑이라고 울고, 그냥 놔두면

손이 안 닿는다고 울고… 어쩔 수 없네, 그 방법밖에."

카메라를 손에 넣은 마야는 겨우 울음을 그쳤어.

"마야야, 집이 어디니?"

"몰라! 여기가 어디야?"

"너 1학년 때 우리 동네에 이사 왔댔잖아."

5살 마야에게는 1학년 때 기억이 아직 없나 봐. 마야
는 집에 가고 싶다며 다시 울음을 터뜨렸어. 이런 마야
에게 우리가 해 줄 수 있는 건 단 하나…

5살 마야와 함께 길을 걷는 건 보통 일이 아니었어.
마침내 춘식이가 있는 붉은색 담장에 도착했을 때는
해가 뉘엿뉘엿 지고 있더라고.

춘식이는 커다래진 배를 쓰다듬으며 무심히 말했어.

잘 자던 마야가 다시 울음을 터뜨렸어.

"으아아앙!"

"왜, 왜 그래?"

"졸려…!"

자다가 졸리다고
우는 애가 어디 있어?!
더는 못 참아!

5살 마야의
투정에 지칠대로
지친 콩지는 집에 가서 엄
마한테 부탁하겠대. 마야 엄마
께 전화해 달라고.

돌아가는 길에는 콩지가 마야를 업었어. 그런데 콩지가 갑자기 외마디 소리를 지르지 뭐야.

앗!

"이번엔 춘식이 사진을 잘 찍어 보려 했는데 깜빡했네."
"그럼 가서 찍고 와. 마야는 내가 업고 있을게."

조금만 기다려. 얼른 찍고 올 테니까~

나중에 콩지가 말해 주길, 춘식이가 훌라후프를 돌리기 시작하자 어디선가 수많은 별빛이 날아와 훌라후프로 빨려 들어갔대. 빛을 전부 삼켜 버린 훌라후프는 번쩍하고 밝은 빛을 내더니, 보통 훌라후프로 돌아왔고.

콩지는 무슨 일이 일어난 건지 금세 알아챘지.

어라? 손바닥에 생겼던 도장이 없어졌네. 생겼다, 사라졌다, 이게 내체 뭐지?

"마야, 이제 집에 가는 길 알지?

알아서 잘 가~"

춘식이는 아직도
훌라후프를 돌리고 있을까?
나도 그 모습 보고 싶은데.

그럼 다시
가면 되지.

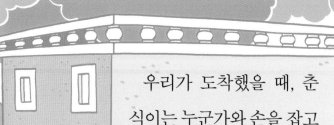

우리가 도착했을 때, 춘
식이는 누군가와 손을 잡고
집으로 돌아가고 있었어.

"뭘 먹었길래 배가 이렇게 나왔어?"
"고구마 먹었어. 맛있는 꿀고구마."
"너무 많이 먹지는 마. 배탈 나니까."
"걱정 마. 하루에 3개 넘게는 안 먹어."

자이언트콩

오늘 찍은 사진이에요!

 자이언트콩

고양이가 훌라후프를 돌리고 있어요!

 자이언트콩

정말 신기하죠?

 자이언트콩

 신기방기

고양이가 어디 있어요?

초코맘

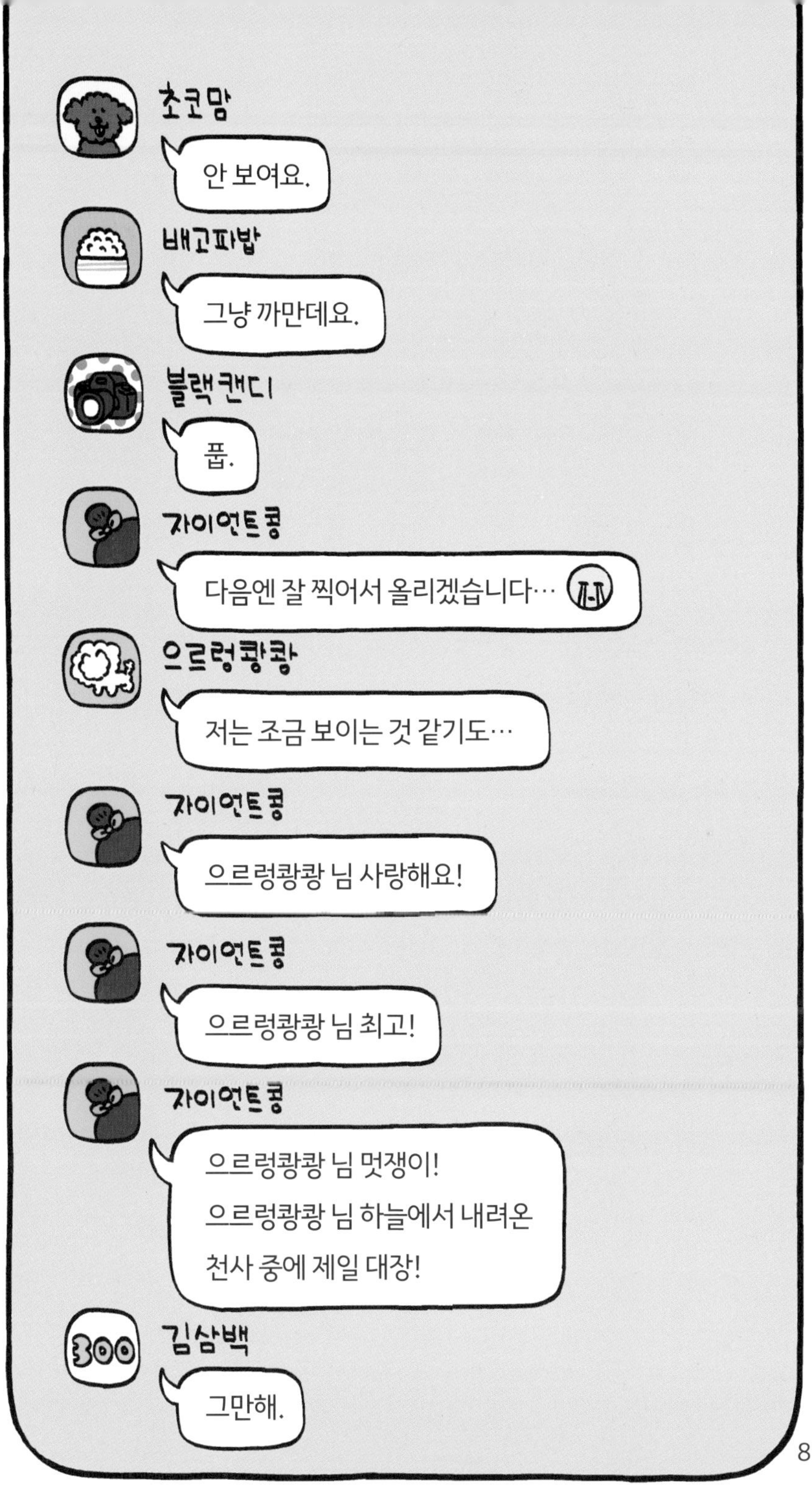

안 보여요.

 배고파밥

그냥 까만데요.

 블랙캔디

풉.

 자이언트콩

다음엔 잘 찍어서 올리겠습니다⋯ �('-')

 으르렁쾅쾅

저는 조금 보이는 것 같기도⋯

 자이언트콩

으르렁쾅쾅 님 사랑해요!

 자이언트콩

으르렁쾅쾅 님 최고!

 자이언트콩

으르렁쾅쾅 님 멋쟁이!
으르렁쾅쾅 님 하늘에서 내려온
천사 중에 제일 대장!

300 김삼백

그만해.

키가 정말 쑥쑥 크고 싶다면?

◇ 키를 키우는 성장 호르몬은 주로 깊이 잠들어 있을 때 활발히 분비돼. 그래서 규칙적인 시간에 잠자리에 들고 푹 자는 게 중요해. 어린이는 최소한 8시간 넘게 자야 해. 밤 10시쯤 자서 아침 7시쯤 일어나는 게 가장 바람직하대!

◇ 키가 크고 싶다면 평소에 올바른 자세에 신경 쓰는 게 좋아. 삐딱하게 서 있거나 구부정한 자세를 하면 우리 몸을 지탱하는 척추가 조금씩 휘게 되거든. 걸을 때는 어깨를 펴고 허리를 곧게 하자! 의자에 앉을 때는 다리를 꼬지 말고! 스마트폰이나 컴퓨터를 사용할 때는 허리와 목을 너무 숙이지 마.

◇ 규칙적으로 운동을 하면 뼈와 근육을 튼튼하게 할 수 있어. 수영, 줄넘기, 농구, 배구 등은 키를 키우기 좋은 운동이지. 만약 이런 운동을 하기 어렵다면 몸을 쭉 펴고 늘이는 스트레칭을 해 봐! 스트레칭만으로도 키 성장에 도움이 되거든! 오늘부터 다리, 허리, 어깨, 팔, 목을 틈틈이 스트레칭해 볼까?

◇ 키가 크려면 균형 잡힌 영양소를 충분히 먹어야 해. 특히 근육과 뼈를 튼튼하게 만들기 위해서는 단백질, 칼슘, 비타민D, 마그네슘 같은 영양소가 필요해. 두부와 생선, 채소와 과일, 우유와 견과류 같은 음식에 이러한 영양소가 들어 있으니 골고루 먹는 게 좋아. 인스턴트 음식과 탄산음료는 피하자!

골고루 먹어야지.
냠냠~!

놀이 정답

23쪽

30~31쪽

76~77쪽

다음 권 미리 보기

〈2권〉에서 무슨 일이 벌어질까?

〈소원 요정 춘식이 with 라이언〉 시리즈는
계속됩니다.

글·그림 | 김나경
원화 | 주식회사 카카오

1판 1쇄 발행 | 2024년 12월 18일
1판 2쇄 발행 | 2025년 1월 27일

펴낸이 | 김영곤
펴낸곳 | ㈜북이십일 아울북
책임편집 | 이은영
프로젝트2팀 | 김은영 이은영 권정화 우경진 오지애 김지수 최윤아
아동마케팅팀 | 명인수 양슬기 최유성 손용우 이주은
영업팀 | 변유경 김영남 강경남 한충희 장철용 황성진 김도연
디자인 | 한성미

출판등록 | 2000년 5월 6일 제406-2003-061호
주소 | (10881) 경기도 파주시 회동길 201(문발동)
전화 | 031-955-2100(대표) 031-955-2177(팩스)
홈페이지 | www.book21.com

ISBN | 979-11-7117-928-2 74810

춘식이에게 소원을
빌려 가 보세요!

다양한 SNS 채널에서 아울북과 을파소의 더 많은 이야기를 만나세요.

인스타그램
@owlbook21

페이스북
@owlbook21

네이버카페
owlbook21

네이버포스트
아울북 and 을파소